Es war einmal …
ein frecher, kleiner Mäuserich namens Heinrich.

Claudia Weißflog

Heinrichs Reise ins Glück

Ein spirituelles Märchen

Illustrationen
Maja Schulze

Er lebte in einem wunderbaren Garten.

Dort wuchsen rote und gelbe Rosen, große Sonnenblumen, zarte Cosmeen, bunte Phloxe, prächtige Dahlien, fröhlicher Klatschmohn, niedliche Vergissmeinnicht und noch allerlei andere hübsche Blumen.

Und weil der kleine Mäuserich am liebsten Käse fraß - und zwar den mit den Löchern drin - ging er immer wieder auf nächtliche Erkundungstour durch die Komposthaufen, wurde meist fündig und fraß sich rund und satt und dick und schlief mit vollem Bauch ein.

So lebte er eine ganze Weile.

Aber irgendwann merkte er, dass ihm etwas fehlte. Er konnte nicht wirklich froh und glücklich sein. "Was ist bloß los mit mir?", fragte sich Heinrich. "Warum bin ich in letzter Zeit so bedrückt?"

Er ging zu seinem Freund, dem Maulwurf. „Du, Egon, ich kann nicht glücklich sein. Sag´ Du mir doch, wie das geht!" „Also, ich bin glücklich, wenn ich buddeln kann", gab dieser ihm zur Antwort.

Das half der Maus überhaupt nicht weiter.

„Hallo Adele“ - so hieß die Sonnenblume - „wie kann ich nur glücklich werden? Sag´ Du mir das, bitte!“ „Ich bin glücklich, wenn ich mein Gesicht der Sonne entgegenstrecke“, antwortete Adele.

„Okay, das probier´ ich auch“, dachte Heinrich, aber schon nach ein paar Augenblicken wurde ihm langweilig, er konnte nicht ruhig sitzen und musste immer in Bewegung sein.

„Guten Tag, liebe Rose Rosa. Sag´ Du mir bitte, wie kann ich glücklich sein!“ „Ich bin glücklich, wenn ich meinen betörenden Duft verströmen darf“, gab ihm Rosa zur Antwort. „Hm“, brummelte Heinrich, „ich kann nur pupsen. Das riecht nicht gut und glücklich macht es auch nicht.“

Dann sah er die beiden Schmetterlinge Lui und Lilli, die miteinander spielten und tanzten und sehr viel Freude hatten.
„Vielleicht sollte ich tanzen“, dachte Heinrich, fing an herum zu hopsen und Luftsprünge zu machen, fiel dabei immer wieder auf die Nase, tat sich weh und fast hätte er sich ein Bein gebrochen.

Mit leichten Blessuren und völlig außer Atem kam er zu dem Entschluss, dass tanzen auch nichts für ihn ist.

Ihm wurde klar: Hier konnte er das Glück nicht finden und er beschloss, auf Reisen zu gehen.
Er kramte seinen alten Rucksack hervor und packte so viel Käse hinein, wie er auftreiben konnte. Wenigstens wollte er - wenn er schon nicht glücklich war - unterwegs nicht auch noch hungrig sein.

Schließlich schenkte er Egon den Helm, den er erst kürzlich gefunden hatte und so gerne mochte. Vielleicht würde sein Freund sich damit beim Buddeln nicht mehr so oft den Kopf an einem Stein stoßen.

Heinrich winkte allen zu und zog am gleichen Tag noch los.

Aber, wohin wollte er eigentlich?

„Vielleicht muss ich bis ans andere Ende der Welt reisen“, dachte er und war bereit dazu. Er lief einen ganzen Tag und eine ganze Nacht, ohne Pause, dann brach er erschöpft zusammen. Als er wieder wach wurde und sich mit Käse gestärkt hatte, entschied er, dass er schneller und leichter vorwärtskommen wolle.

Er hatte keine Lust, sich so abzumühen.

Mit Anlauf sprang er auf einen vorbeifahrenden Heuwagen und konnte so recht komfortabel reisen. Später wurde er mit dem Heu in eine Scheune entladen und als er zum Tor heraus huschte, hätte ihn beinahe eine Katze erwischt. Er konnte sich gerade noch in Sicherheit bringen und plötzlich vermisste er zum ersten Mal seinen wunderbaren Garten.

„Pha“, aber so schnell würde er nicht aufgeben, war er doch fest entschlossen, sein Glück zu suchen. So tapste er vorsichtig aus seinem Versteck und lief weiter.

Irgendwie kam es ihm in den Sinn, dass er nach Australien müsse. Dort liefen alle Tiere und Menschen auf dem Kopf herum, das wäre bestimmt spaßig anzuschauen. Außerdem war das Land groß und irgendwo wartete dort bestimmt auch auf ihn das Glück.

Er hatte von den Menschen gehört, dass es in Hamburg einen großen Hafen gäbe mit riesigen Schiffen, die über alle Meere fuhren. Da müsste es doch auch für ihn Platz geben und genügend Käsereste, die er sich einverleiben konnte.

Nun hatte er ein Ziel!

Er schlenderte gemütlich die Straße längs, die Daumen unter seine Rucksackriemen geklemmt. Die Nase keck gen Himmel gerichtet, pfiff er lustige Lieder vor sich hin und immer, wenn ein Auto kam, streckte er einen Daumen raus.

Es war ganz einfach. Ruckzuck erreichte er Hamburg per Autostopp ... und das in einem schicken roten Jaguar-Cabriolet.
Eine Maus und in einem Jaguar - das würde ihm zu Hause bestimmt niemand glauben. Auch egal! Das Leben war doch schön! Jetzt musste er nur noch zum Hafen und ein geeignetes Schiff finden.

HAMBURG

Und tatsächlich checkte er als blinder Passagier auf einem Frachter ein, der nach Melbourne, Australien fuhr. „Juhuuu, juhuuu endlich geht es in die große weite Welt, wo das Glück auf mich wartet.“

HAFEN I HAMBURG
H.P
HAPAG
MELBOURNE

Doch kaum auf See wurde ihm speiübel und schwindelig wie nie zuvor in seinem Leben. Tagelang konnte er nichts essen, immer war ihm schlecht, es war ihm sehr elend zumute und er fragte sich, ob man auf dem Weg zum Glück denn so viel leiden musste.

Trotzdem: Er war entschlossen durchzuhalten. Es blieb ihm auch nichts Anderes übrig. Er konnte nicht schwimmen und hatte keine Vorstellung, wie weit das nächste Ufer entfernt war. Sobald sich eine Gelegenheit ergäbe, würde er an Land gehen, das war sicher, egal wo. Für Schiffsreisen war er nicht gemacht. Bleiern dehnten sich die Tage und wurden zu endlosen Nächten. Die Zeit kroch quälend langsam dahin, nur dösig und benommen nahm er seine Umgebung wahr. Immer und überall gab es nur Wasser und Himmel und einen weiten Horizont ...

... aber dann:

Als er kaum noch glaubte, jemals irgendwo anzukommen, ein Hafen! Endlich! Endlich konnte er sich von Bord schleichen. „Welcome to Bombay“ konnte er auf der Hafenmauer lesen. Welcome verstand er nicht, aber von Bombay hatte er schon gehört. Das musste in Indien liegen.

So hatte seine Suche ihn also in dieses geheimnisumwobene Land geführt.

INDIA

“Na dann, vielleicht finde ich ja in Indien mein Glück.“ Unglaublich heiß war es hier und stickig. Die Luft flirrte vor seinen Augen und schwach von der Seereise war er außerdem.

Er schritt durch den „Gateway of India“, dann naschte er etwas von dem sonderbaren Müll, den er am Straßenrand fand und legte sich schlafen.

Und er träumte mal wieder von zu Hause, dem Garten, den Blumen, seinen Freunden und seinem geliebten Käse.

Als er aufwachte, fühlte er sich ziemlich alleine und alles, wirklich alles war völlig fremd für ihn.

Die Gerüche waren anders und neu, die Farben intensiver, die Menschen sahen anders aus. Sie waren seltsam gekleidet, manche halb nackt, manche trugen Turbane, manche Gewänder, die er noch nie gesehen hatte. Die Frauen waren in bunte Stoffbahnen gehüllt und sahen sehr schön aus.

Überall hupte, lärmte und wuselte es, alles kam ihm wie ein einziges großes Durcheinander vor. Ganz schön verwirrend und abenteuerlich war das hier!

Etwas ängstlich war er, aber er wollte seine Suche gleich fortsetzen.

Eine Kuh mit einem seltsamen Höcker im Nacken begegnete ihm auf der Straße. „Eine Kuh auf der Straße - naja - die frag´ ich gleich mal.“ Sie gab ihm aber keine Antwort. „He, Kuh, ich hab´ Dich was gefragt“, insistierte er. Doch die Kuh sah ihn nur mit großen Augen an. „Ganz schön unfreundlich“, fand er, zog aber unverdrossen weiter.

Dann erblickte er einen Schlangenbeschwörer, der auf seiner Flöte spielte und aus einem Korb vor ihm streckte eine Schlange tänzelnd ihren Kopf nach oben. "Uhi, eine Schlange!" So hatte er noch nie eine gesehen. Die würde er gleich fragen, aber sie nahm gar keine Notiz von ihm und lauschte nur dem Flötenspieler.

In einer Ecke hing eine riesige, haarige, furchteinflößende Spinne. Er hatte auch mächtig Angst vor ihr, nahm trotzdem all seinen Mut zusammen, fragte sie und bekam wieder keine Antwort.

Niemand schien ihn zu verstehen und auch er verstand nichts. Er sank in sich zusammen, leise weinte er bittere Tränen.

So hatte er sich das aber nicht vorgestellt!

Nach einer Weile jedoch atmete er tief durch und streckte sich. Nein, er würde den Kopf nicht hängen lassen, nein, er doch nicht. Schließlich war er Heinrich! Und er war tapfer und vor allem wahnsinnig neugierig.

Und so reiste er weiter – durch Städte und Dörfer, durchstreifte Dschungel und Wüsten, wanderte über hohe Berge und durch weite Täler, überquerte reißende Flüsse und tiefe Seen. Er war im Himalaya, in Rajasthan, am Ganges, in Varanasi und in Kalkutta und den Stränden von Goa und Kerala.

Er besuchte heilige Stätten und Tempel.

Er sah allerlei Wundersames und Unerklärliches. Staunend und ehrfürchtig stand er oft vor all dem Neuen, das er entdeckte. Da fühlte er sich manchmal komplett überwältigt und wurde ganz demütig.
Indien begann seine Wirkung auf ihn zu entfalten und ihn in seinen Bann zu ziehen. Das Land faszinierte ihn, auch wenn er es nie begreifen würde. Aber das war ihm auch nicht wichtig.

Alles war viel in Indien.
Ungeschminkt präsentierte sich das Leben mit all seinen Aspekten. Tod und Schmerz gleich neben Freude und quirliger Lebendigkeit, Armut und Not neben Reichtum und Überfluss, gelebte Spiritualität neben unverblümtem Geschäftssinn.
Das wurde auch ihm manchmal zu viel und all die außergewöhnlichen Begegnungen und Erfahrungen, die er hier machte, forderten ihn bisweilen sehr.

Dann wiederum war er völlig verzaubert und kam sich vor wie in einem Märchen aus 1001 Nacht.

Indien war so widersprüchlich, konnte berauschend schön und ebenso ernüchternd grausig sein. Es hatte so viele Facetten und war in seiner Vielfalt so einzigartig, so großartig, so atemberaubend.

Er fühlte sich sehr lebendig hier. Auch war er dankbar, dass seine Suche ihn ausgerechnet hierher geführte hatte.

Er fing an, das Land zu lieben, dessen Puls immer tiefer in ihn einsank. Er ließ es zu, er ließ sich treiben. Hier und da verweilte er, hielt inne und wenn es ihn weiterzog, packte er wieder seinen Rucksack und machte sich auf den Weg.

Einmal verliebte er sich.

Er sah sie das erste Mal am Brunnen, als sie mit den anderen Mädchen Wasser holte. Es war sofort um ihn geschehen.

Sie hieß Mumtaz und war eine Wüstenrennmaus.

ICH BIN
GLÜCK
SEIN
VOV
M

Ach, sie war so schön, so anmutig, so hinreißend!

Und sie? Auch sie fühlte sich zu dem Fremden hingezogen, warf ihm schüchterne Blicke aus ihren runden Knopfaugen zu und lächelte ihn verlegen an. Er fand sie umwerfend und träumte von ihr, obwohl er kaum noch schlafen konnte.

War sie sein Glück?

Als ihre Eltern jedoch von der zaghaften Liebelei erfuhren - die alte griesgrämige Tante hatte es ihnen zugeflüstert -, unterbanden sie auf der Stelle jeglichen Kontakt und schickten Mumtaz weit weg zu Verwandten. Nach Landessitte hatten sie die Ehe für ihr Töchterchen längst arrangiert, das Brautgeld war bezahlt und der Hochzeitstermin stand fest.

Heinrich wartete Tag für Tag auf sie, suchte sie überall. Vergebens! Was war bloß geschehen? Er sah Mumtaz nie wieder. Traurig, aufgewühlt und voller Sorge um sie verließ er die Gegend. Ihr bezauberndes Lächeln aber wird er für immer in seinem Herzen tragen.

Ruhelos lief er einige Tage und Nächte durch, bis er eines Abends - es war kurz vor Sonnenuntergang - einen Ort erreichte, der in goldenes mystisches Licht getaucht war. Hier wollte er Rast machen. Der Ort strahlte eine friedliche Atmosphäre aus, das war genau das, was er nun brauchte.

Die Menschen bezeichneten diesen Platz als Ashram und er hörte ihnen gerne beim Mantren- und Om-Singen und Gebete-Sprechen zu.

Er hörte zu und er hörte in sich hinein.

om mani padme hum

Täglich nahm er an den Yoga-Stunden teil. Unbemerkt schaute er aus einer Ecke bei den Übungen zu und machte sie mit, so gut er konnte.
Er fing auch an zu meditieren. Anfangs klappte es gar nicht, aber er gab nicht auf, probierte es immer wieder. Irgendwann gelang es ihm zum ersten Mal, für eine kurze Weile still zu sitzen. Wie gut das tat! Nach und nach wurden diese Phasen länger. Dabei geschah etwas in ihm. Er spürte ganz deutlich, wie es weiter und ruhiger in ihm wurde, ... gelöster, ... leichter.

Heinrich verbrachte lange Zeit im Ashram. Der Platz inspirierte ihn, es gefiel ihm hier, es ging ihm gut und er blieb ...

... bis es ihn wieder weiterdrängte.

Seinen Rucksack nahm er nicht mit. Er brauchte ihn nicht mehr. In sich befreiter musste er sich nicht mehr mit unnötigem Gepäck belasten.

Unbeschwert setzte er seine Reise fort.

Er lernte viele fremdartige und exotische Tiere kennen. Mittlerweile hatte er einige der Sprachen Indiens gelernt und konnte nun mit den Tieren reden.

Und er fragte sie alle nach dem Glück, alle, die ihm begegneten: die Kamele und die Elefanten, die Tiger und die Löwen, die Krokodile und die Wasserbüffel, die Affen und die Streifenhörnchen, die Geckos und die Salamander, ...

Und sie alle antworteten ihm:
Die Kamele waren glücklich, wenn sie nach langer Wüstendurchquerung eine Oase erreichten; der Elefant, wenn er seinem vertrauensvollen Mahout dienen konnte; der Tiger, wenn er sich mit List und Geschick an seine Beute heranpirschte; die Affen, wenn sie sich gegenseitig entlausten und dann akrobatisch und mit viel Spaß durch die Baumwipfel turnten; die Wasserbüffel wiederum, wenn sie sich mit ihrer Herde genüsslich in einem Gewässer Abkühlung verschafften; ...

Aber, all das war nicht sein Glück!

Was hieß das nun für ihn – Heinrich, den Mäuserich? Ja, er futterte zwar liebend gerne seinen Käse, aber Glück bedeutete das noch lange nicht. Da musste es doch mehr geben und tiefgründigeres.

Er brauchte auch niemanden weiter fragen, denn er erkannte, dass er eine Antwort nur in sich selbst würde finden können. Seine Reise sollte nun nach innen gehen.

Er wollte nach einer geeigneten Stelle Ausschau halten, an die er sich zurückziehen konnte. Er musste gar nicht lange suchen. Schon sehr bald entdeckte er in einer einsamen Gegend eine kleine Höhle, an der ein klares Bächlein vorbeifloss. Das war ein schöner Platz für seine Einsiedelei.

Dort wollte er weiter Yoga praktizieren und intensiv meditieren. Er wollte seine innere Natur, seinen Geist, seine Gedanken und Gefühle erforschen ...
und vielleicht würde er dabei auch den Schlüssel zu seinem Glück finden.

Einige Monate später:

An einem warmen Tag im Frühsommer kehrte Heinrich nach Hause zurück.
Adele, die Sonnenblume, erblicke ihn als erste und streckte ihm zur Begrüßung ihr Gesicht entgegen.

„Heinrich?!“, sie traute ihren Augen kaum.

Er schien anders, irgendwie verwandelt. Eine heitere Gelassenheit ging von ihm aus und seine Augen leuchteten einnehmend.

„Heinrich kommt zurück“, rief sie aufgeregt den anderen zu.

Die Rose Rosa begann vor Begeisterung sofort noch überschwänglicher zu duften.

Die Schmetterlinge Lui und Lilli übten einen neuen Freudentanz ein, den sie am Abend vorführen wollten.

Egon beendete für heute seine Grabungsarbeiten, lehnte sich auf seinen kleinen Spaten und nickte schmunzelnd seinem Freund zu: „Na, endlich, das wurde aber auch Zeit! Und danke für Deine Postkarte!“

Alle waren sehr froh, dass Heinrich wieder bei ihnen war und sie empfingen ihn mit offenen Armen. Am Abend feierten sie ein großes Willkommensfest, das bis spät in die Nacht dauerte. Alle waren ausgelassen und vergnügt, sie aßen und sie tranken viel, sie lachten, sangen, tanzten und erzählten sich Geschichten.

Am nächsten Tag erwachte Heinrich erst gegen Mittag.

Nun war er also wieder hier, hier in dem wunderbaren Garten und bei seinen wunderbaren Freuden. Noch etwas verschlafen spazierte er durch die herrliche Blumenpracht.

Viel hatte sich während seiner Abwesenheit nicht verändert, hier und da waren ein paar neue Stauden gepflanzt worden, die Büsche waren gewachsen.

Wie schön es hier war!
War das immer schon so gewesen?

Er rieb sich die Augen, schaute wieder und es war, als sähe er alles zum ersten Mal, zum ersten Mal - wirklich.

Er schloss die Augen und sah es immer noch, sah aus seinem Inneren.
Seine Sinne waren offener,
sein Bewusstsein weiter geworden.
Sein Blick blieb nicht mehr an der Oberfläche hängen, durchdrang die Welt der äußeren Erscheinungen.
Mit seinem ganzen Sein nahm er das Wesen und die Schönheit all dessen wahr, das ihn umgab.
Er fühlte sich als Teil von allem,
fühlte sich mit allem verbunden,
fühlte sich nicht mehr getrennt.
Und plötzlich durchströmte ihn unbeschreibliches Glück.
Es war so mächtig und doch so zart,
so tief und doch so beschwingt,
gewaltig und auch ganz sanft.

Das Glück war so viel größer, als er sich je hätte erträumen können.
Es erfüllte ihn so sehr, dass er glaubte, platzen zu müssen.
Er sauste durch den Garten - hin und her und her und hin. Dann ließ er sich auf die Wiese plumpsen und wurde von einer unendlichen Stille erfasst.
Er schaute in den hohen blauen Himmel, an dem weiße Tuffwolken hingen.
Er war so weit im Außen gereist und schließlich so tief in seinem Inneren angekommen.
Er war zuhause. Er war glücklich.

Und wenn er in sein Herz blickte, lächelte Mumtaz ihn liebevoll zärtlich an und sagte: „Ja!“

Ja, er war glücklich.

Claudia Weißflog

Von Beruf bin ich Goldschmiedin. Corona forderte und weckte neue Kreativität.
Während des Lock-Downs im Frühjahr 2021 fiel mir nach vielen Jahren eine Geschichte wieder in die Hände, die zu schreiben Aufgabe eines Workshops gewesen war. Ich griff die Geschichte erneut auf, schmückte sie aus, vertiefte sie und erzählte sie schließlich zu Ende.
Nun brauchte "Heinrichs Reise ins Glück" noch Bilder ...

Maja Schulze

Meine Leidenschaft gehört der Malerei, dem Figurenbau und dem Schreiben. Ich lernte Claudia auf einer Weihnachtsausstellung kennen, auf der wir beide unsere Werke präsentierten. Aus dieser Begegnung entwickelte sich ein wunderbarer Austausch und eine tiefe Freundschaft. Als ich Claudias Geschichte las, fühlte ich mich vom Inhalt berührt und als sie mich bat, sie zu illustrieren, freute ich mich riesig über dieses Projekt.
Es hat Spaß gemacht!

Impressum

Text: Claudia Weißflog
Illustrationen: Maja Schulze

1. Auflage, Vöhl-Harbshausen, 2022
www.pathwayguidance.eu

Satz und Layout: Claudia & Uwe Weißflog
Coverdesign: Claudia & Uwe Weißflog

ISBN: 978-3-9823073-1-2
Druck: Thiele & Schwarz, Kassel
Buchbinderei: Schaumann, Darmstadt
Printed in Germany